MONIQUE REVEST

A Nos Amours !...

Les Presses Du Midi

PRÉFACE

L'Art de s'évader

Monique REVEST n'est pas une femme ordinaire. Passez une heure avec elle, et vous ressortirez de votre entretien réconcilié avec la vie. A sa façon, cet auteur plein de spontanéité est un excellent antidépresseur, à utiliser sans modération.

Son parcours personnel est déjà un clin d'œil à la morosité. Voilà donc une jeune et jolie femme, passionnée de littérature et à l'imagination débordante, qui fait carrière dans la banque. Les chiffres font partie de son univers professionnel, mais c'est avec les mots qu'elle s'évade. De cette distorsion entre l'être et le quotidien, Monique REVEST aurait pu concevoir quelque amertume. C'est mal connaître cette femme tonique : il suffit d'avoir un jardin secret où les sentiments sont maîtres du jeu, pour échapper aux contraintes et à la monotonie. Ajoutez, ensuite, ce qui fait le sel de la vie - l'Amour et l'Amitié - et vous possédez la clé de ce royaume imaginaire.

Longtemps, Monique REVEST a choisi d'écrire pour elle. Puis, un jour, elle a osé en parler à ses proches, d'abord, à ses amis ensuite. Et c'est le début d'une aventure qui ne fait que commencer. Le premier poème - et ce n'est pas un hasard - est un hommage à ces mots qui "réchauffent les cœurs et rapprochent les âmes".

Monique REVEST s'y dévoile tout entière : sensible, fragile, à l'écoute des autres. Car ce premier recueil n'est pas un hymne à l'optimisme béat. Une femme parle de ses doutes, de ses échecs, de ses peines ; la mort ne lui est pas étrangère. Son fil conducteur, celui qui rend invincible, c'est l'Amour. La foi qui sauve, la foi que nous pourrions partager, pourquoi pas ? Vous doutez encore ? Qu'importe :

"Même si mes manières
Vous semblent démodées,
Le cœur en bandoulière
Laissez-moi donc rêver."

Monique REVEST se moque bien des modes. Elle suit une voie qui lui est propre, mais que son grand-père, Maurice CATALAN avait déjà ouverte un 1er janvier 1916. Étrange rapprochement, hors du temps, entre deux générations qui retrouvent le même amour des mots, de la vie et de l'Autre tout en reconnaissant, avec humilité, que "personne, du destin, ne connaît le langage"...

A vos Amours !

Nicole FAU
VAR MATIN

INTRODUCTION

"A nos Amours" est un hommage aux sentiments profonds et vrais qui rendent les êtres humains si fragiles. Ceux qui fonctionnent avec le cœur, comprendront certainement mieux le sens de mes propos.

Vos confidences m'ont inspiré ce recueil que j'ai écrit avec beaucoup d'Amour. Il reflète l'état d'esprit dans lequel tout un chacun peut se trouver, à travers des histoires vécues, à vivre ou à rêver.

Que les puristes ne se heurtent pas trop à la lecture de mes récits, mais la technique d'écriture employée, tout à fait personnelle, n'est pas toujours conforme à la prosodie.

Néanmoins, j'espère que vous éprouverez autant de plaisir à le lire que j'ai eu à l'écrire.

Bon voyage.

Que le bonheur et l'Amour
restent à jamais
nos compagnons de route.

Les Mots

Il y a ceux que l'on tait, ceux qu'on dit dans les yeux,
Quel fabuleux moyen d'expression que les mots !
On les glisse à l'oreille, on peut jouer sur eux,
Les faire aussi chanter pour les rendre plus beaux.

Ils finissent en histoires qu'on aime raconter
Aux enfants qui, le soir, tardent à s'endormir.
On les habille un peu pour mieux les exprimer,
Certains sont néanmoins très douloureux à dire.

Ils réchauffent les cœurs et rapprochent les âmes,
Nous oublient quelquefois en nous laissant en panne,
Mais reviennent à nous d'une façon soudaine.

On les lit, les relit, on les apprend par cœur,
On les immortalise en récits du bonheur,
Les mots m'ont tant aidé à dire "je vous aime".

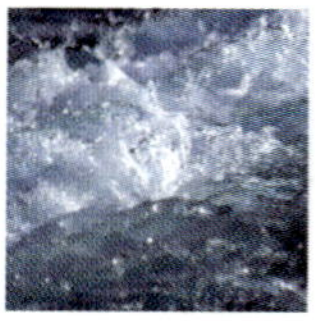

La vie se rit de moi

La vie se rit de moi, son silence me glace,
Je cherche le chemin pour atteindre le jour.
Le temps nous est compté, le futur nous dépasse,
Il n'y a pire manque, que le manque d'Amour.

Dans mon jardin secret toutes les fleurs se fanent,
Au pays des étoiles le brillant s'est terni.
Où est-donc ce regard que j'aime et qui me damne ?
Je l'ai laissé s'enfuir vers un autre infini.

Et je me suis perdue dans ce regard d'ébène,
Et j'ai lutté cent fois pour ne pas m'y noyer,
Mais l'Amour est plus fort que l'orgueil et la haine,
Les sentiments profonds ne peuvent se cacher.

Je pleure ce sourire qui manque au paysage
Des jours heureux où coule un ruisseau de bonheur.
Mon esprit se promène de nuage en nuage,
Pour s'échouer enfin dans le coin de son cœur.

Emportez-moi bien vite au-delà des angoisses
Avant que nos images s'effacent lentement.
Quand je ferme les yeux, la nuit prend trop de place
Et m'éloigne un peu plus du monde des vivants.

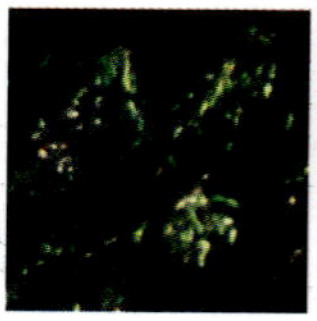

A mes amis

A l'aube des tourments j'ai trouvé votre épaule,
Pour y poser ma tête et ses chagrins trop lourds.
Au carrefour des vents, l'écho de vos paroles,
A su guider mes pas vers des chemins plus courts.

Si pour quelques instants nous refaisons le monde,
C'est pour le peindre en bleu et le rendre meilleur.
Par nos affinités nos esprits se confondent,
Notre soif d'idéal se réduit au bonheur.

Lorsque plein de regrets nos routes se séparent,
Nos pensées se rejoignent vers un même dessein.
Le fil de l'Amitié, si puissant, nous amarre,
Et tresse nos prénoms sur un grand parchemin.

Quand sur mes joues salées votre regard se pose,
Un bien-être s'installe au plus profond de moi.
Un halo bienfaiteur sur mon âme repose,
Et les jours s'illuminent en un sursaut de joie.

Je me devais, bien sûr, de rendre cet hommage,
A vous tous, mes Amis, si chers à mon parcours.
Sans vous, imaginez, comme il serait dommage,
De passer une vie sans vous avoir autour.

Laissez-moi donc rêver

Même si mes paroles
Bousculent vos idées,
L'esprit un peu frivole
Laissez-moi donc rêver.

Même si mes manières
Vous semblent démodées,
Le cœur en bandoulière
Laissez-moi donc rêver.

Même si mes Amours
Se heurtent aux préjugés,
Envers et contre tout
Laissez-moi donc rêver.

Rendez-vous

Mon cœur bat la chamade, nous avons rendez-vous.
J'avance vers l'Amour, les mains moites de fièvre.
Je l'aperçois au loin, et au-dessus de nous,
La lune en témoin nous prête sa lumière.

Je voudrais lui parler sans jamais m'interrompre,
Lui chanter des chansons de ma plus belle voix,
Lui raconter mes rêves, dans l'au-delà me fondre,
Et sentir le bonheur renaître au fond de moi.

Les heures à ses côtés ne sont que des secondes,
Et l'horloge déjà nous menace du doigt.
Le temps s'est échappé, je reste seule au monde,
Et garde en souvenir, ces courts instants de joie.

Il suffit d'un sourire

Son sourire brûlant cicatrise mes maux,
Panse mon vague à l'âme, oxygène ma vie,
S'attarde au coin des lèvres et m'attrape au lasso,
Plus chaud que les soleils de chaque galaxie.

Ce rayon d'espérance me sert de garde-fou,
Et sa lumière lance un défi au malheur.
Il suffit d'un sourire pour rendre un peu plus doux,
L'amertume des jours qui connaissent les pleurs.

La beauté de son âme se reflète dedans
Et renvoie une image que je garde en secret.
S'il s'éloigne trop tôt, je m'éteints lentement,
Pour disparaître comme une bougie usée.

Là-haut

Du haut de ma planète, j'observe votre sphère.
Le monde paraît noble lorsqu'on vit au-dessus !
L'atmosphère si pure, loin des bruits de la terre,
M'imprègne de douceur et me porte aux nues.

Vénus montre son nez quand le soleil se couche,
Les astres en ronde folle gravitent autour de moi.
Je plane dans les airs, de mes doigts je vous touche,
Puis m'envole aussitôt pour ne pas qu'on me voit.

La quiétude et l'Amour règnent ici en maîtres,
Et le paradis blanc entrouvre sa fenêtre,
D'où s'échappent en duo des parfums et des fleurs.

Sous un ciel de cristal je vois naître le jour,
A des années-lumière les regrets n'ont plus cours,
Et les espoirs grandissent les élans de mon cœur.

Mon bonheur

C'est l'arc-en-ciel après la pluie,
Un papillon sur une fleur,
Un feu d'artifice dans la nuit,
Un éclat de rire en plein cœur.

Il m'apprivoise de jour en jour
Et fait d'hier une leçon.
Devient si grand, devient si lourd
A transporter dans mon blouson.

Il agrémente mes récits,
Change le cours de mes saisons,
Vous saurez tout si je vous dis,
Que mon bonheur porte son nom.

Ciel

Dans ton carré si bleu, où caches-tu ces êtres
Que nous avons aimés et qui s'en vont vers toi ?
Dans une folle course à la vie qui s'arrête,
Ciel, ils se sont battus, pour rester ici-bas.

Réponds à leur désir, accorde leur ta grâce,
Apporte leur ce qui leur a manqué ici.
Dans la voûte céleste que les âmes s'enlacent,
Et qu'une autre vie naisse au sein d'un paradis.

Lorsque mon tour viendra je prendrai ma valise,
Pour un dernier voyage sans billet de retour.
Aimons-nous davantage, vivons d'heures promises,
Car le destin s'acharne sans nul autre détour.

Dans ton carré si bleu, où caches-tu ces êtres
Que nous avons aimés et qui s'en vont vers toi ?
Leurs yeux se sont fermés mais leurs cœurs vont renaître,
Si l'art des sentiments se perpétue chez toi.

Romantique et pas toujours assidue en classe, elle se prendra de passion plus tard pour l'écriture.

Elle voue à son grand-père disparu à Sanary et connu pour sa production littéraire et ses qualités d' homme estimé, une admiration sans borne.
Elle a hérité de ce goût inné pour la poésie qu'elle exprime avec une sensibilité remarquable.
C'est en quelque sorte la digne petite fille de son grand père qu' elle prolonge ainsi à travers ces quelques poésies qu'elle vous livre.

Contemplative et malicieuse, elle jetait des regards de défi sur la vie.

Réfléchie, elle était déjà dans la rime.

La poésie c'est aussi la fête

Au milieu des pigeons de la Place de la Liberté, elle rêvait déjà de s'envoler.

Elle sourit à la vie.

Comme un funambule

Libre et en équilibre sur le fil de sa vie,
Je marche à pas feutrés tout comme un funambule.
Son cœur, mon balancier, m'aide quand je dévie
A me stabiliser avant que je bascule.

Je poursuis mon chemin sans craindre les obstacles,
Le vertige et la chute ne m'impressionnent pas.
Je joue d'acrobaties par amour du spectacle
En évitant toujours de faire des faux-pas.

J'invite les oiseaux à partager ma corde,
De mes bras grands ouverts j'embrasse le présent,
Et je mords dans la vie avant qu'elle me morde,
Les yeux droits vers demain et le corps en avant.

Lorsque de guerre lasse mon numéro finit,
Je m'abandonne au sort que le temps me module.
Libre et en équilibre sur le fil de sa vie,
Je marche à pas feutrés tout comme un funambule.

Histoire d'un Ange

Au hasard des chemins, j'ai rencontré un ange,
Un être chimérique et vivant à la fois,
Un corps et un esprit unis sans discordance,
L'ébauche d'une idylle que Dieu créa pour moi.

Je marchais déroutée sans trouver de réplique,
Quand soudain, cet envoyé céleste parut,
Aussi beau qu'un héros d'une fresque antique,
Une divinité au passé méconnu.

Il descendait tout droit des jardins de l'Eden.
Un diadème de fleurs venait parer son front,
Il me prit sous son aile de sa grâce suprême,
L'approche de cet ange fit de moi un démon.

De vous à moi

Dans ses yeux de velours mon cœur se déshabille ;
Un élixir d'Amour flotte dans son regard.
A la moindre émotion ses deux perles scintillent,
Puis se ferment aussitôt que nos pensées s'égarent.

Dans ses bras enserrés je redeviens tendresse,
Et l'univers soudain met ses plus beaux habits.
La chaleur de ses mains me plonge dans l'ivresse ;
Contre vents et marées je resterai blottie.

Dans sa voix mélodieuse dansent en farandole
Des mots que je saisis pour mieux les savourer.
Ses rires en cascade résonnent puis s'envolent ;
En un mot comme en cent, je l'aime désormais.

Entre parenthèses

Quand sonnera le glas de notre belle histoire,
Quand nos doigts maladroits ne se chercheront plus,
Je graverai ton nom au fond d'un écritoire
Et mes crayons usés viendront pleurer dessus.

Puis je dessinerai ton front et ton visage
Inaltérable et pur comme un jeune félin,
Avec quelques pastels pour le coloriage
J'accentuerai tes traits et soignerai ton teint.

Et soudain ton portrait renaîtra de ses cendres
Comme l'incarnation d'un rêve inassouvi.
Des effluves de toi reviendront me surprendre
Et donner libre cours à ma douce folie.

Après avoir rangé mes gommes et crayons,
Je toucherai des yeux, ne vous en déplaise,
Avec des bleus au cœur et l'âme à l'abandon,
L'effigie d'un Amour mis entre parenthèses.

Portrait

A ma grand-mère,

Par un matin d'hiver
Son vieux cœur de grand-mère
Usé de souvenirs
Choisit de s'endormir.

Plus jamais de toujours
Plus d'espoir de retour
Et le chagrin perdure
Depuis cette rupture.

Tout un chemin de vie
Sans entendre aucun bruit
Elle écoutait des yeux
Pour nous comprendre mieux.

Les années ont marqué
Son visage cuivré
Qu'un chapeau à rubans
Protégeait bien souvent.

Aujourd'hui loin de nous
Dans un décor très flou
Près d'un massif de roses
Au bord de mer repose.

Restent quelques photos
Et des objets vieillots
Que le temps bon enfant
A gardés bien vivants.

L'homme de ma vie

A mon mari Gérard,

A l'âge où je rêvais au beau prince charmant,
Tu surgis dans ma vie sans tambour ni trompette,
Une vieille voiture, faute de cheval blanc
Et nous voilà partis vivre notre conquête.

Tes yeux bleus éclairaient ton visage candide
Et tes épaules larges rassuraient quelque peu.
Tu étais jeune et beau, presque un peu trop timide,
Et nos cœurs juvéniles s'unirent en un aveu.

Et puis, chemin faisant, ce fut le mariage,
Ivres de cet Amour naissant de nos vingt ans.
Décidés à s'aimer chaque jour davantage,
Forts de nos sentiments, je voulus un enfant.

Te voilà donc papa d'une petite fille
Et quatre années plus tard une autre s'annonçait.
Quel rôle délicat pour un père tranquille
De maintenir la paix dans notre maisonnée !

Tu sais être un ami, un copain puis un frère,
Un merveilleux amant, un mari dévoué.
On dit que le bonheur est chose éphémère,
Mais en le cultivant on peut le préserver.

Avant que nos deux corps se mêlent à la poussière,
Que nos yeux soient usés de s'être regardés,
Vivons notre bonheur au gré de ses mystères
Et que la providence me garde à tes côtés !

La lettre

Souvent j'ai espéré recevoir une lettre
Aux phrases foisonnantes écrites de sa main,
Sur un papier fleuri aux senteurs de violettes,
Tout en noblesse comme un ancien parchemin.

Et derrière les mots planeraient des mystères
Que je démêlerais au fil de ma lecture,
Pour découvrir alors dans cet itinéraire,
L'illusion d'un bonheur taillé à ma pointure.

Je la lirais bien sûr, cent fois, et plus encore,
Et la conserverais comme un objet précieux.
Par cet aveu naissant que les yeux subodorent
S'échapperait l'espoir d'échanges chaleureux.

La tournée du facteur se termine à ma porte,
Mais rien de ce courrier attendu ardemment.
Dans sa course effrénée le vent chaud me colporte
Des nouvelles du monde et de ses continents.

Alors parlent les silences, courent les regards
De nos yeux assoiffés de paix et d'indulgence.
Adieu très cher écrit, mais il n'est pas trop tard
Pour que change le cours du temps qui nous distance !

Si ce n'est pas l'Amour ...

Si ce n'est pas l'Amour, que le diable m'emporte
Et me laisse pleurer sur mes grands sentiments.
En bon prince, Satan, me prêtera main-forte
Pour côtoyer l'enfer avec ravissement.

Si ce n'est pas l'Amour, arrachez cette fibre
Qui consume mon cœur depuis la nuit des temps !
Des cendres de passion voleront à l'air libre
En un ballet fiévreux orchestré par le vent.

Si ce n'est pas l'Amour, je vous confie mon âme,
Et mon corps, et ma vie, pour ne plus exister.
Je vous rends mes papiers, avant que l'on condamne
Les vibrations d'un cœur trop satisfait d'aimer.

Si ce n'est pas l'Amour, c'est peut-être autre chose
De bien plus essentiel que les valeurs humaines.
C'est grand, c'est beau, c'est fort... étrange apothéose !
C'est un sang vénusien qui coule dans mes veines.

Tour d'ivoire

Pourquoi ne pas jeter ce masque impénétrable ?
Ce faux visage terne sans aucune expression?
Sous cet abri factice au teint inaltérable
Sommeille un être tendre et avide d'émotions.

Pourquoi ne pas lever ce voile indésirable
Qui révèle bien plus qu'il ne pourrait cacher?
« Le vrai peut quelquefois n'être pas vraisemblable »,
A qui sait distinguer seulement de juger !

Dans cette tour d'ivoire qui ne voit plus le jour,
Les verrous de la porte fermés à double tour
Attendent patiemment la clef de ce mystère.

Le soleil et la lune tentèrent une incursion,
Puis le vent résolu souffla ses intentions,
Tellement que la tour s'ouvrit à la lumière.

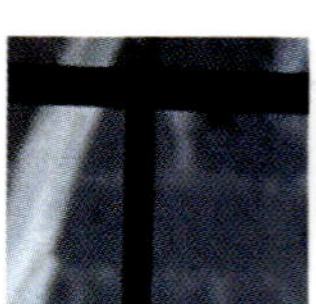

Confidences

Ce soir je lui dirai
Que son âme éternelle,
A mon corps, alliée,
S'anime, solennelle.

Que son parfum grisant
De ma peau s'évapore,
En nuages odorants
S'échappant de mes pores.

Que son sang dans mon coeur
File à contre-courant
Comme un navigateur
Aux prises avec le vent.

ce soir je lui dirai
Que les âmes immortelles,
Sont celles, qui jamais,
Ne cessent d'être belles.

Merci

A Nicole Fau et VAR MATIN, pour leur gentillesse,
A Natalie sans H, pour sa disponibilité,
A Jeanine qui se reconnaîtra certainement,
A Nadine, Marie-Pierre, Chantal, Isabelle, Domy, pour leur écoute,
A Gérard Chevassut, pour sa confiance,
A mon employeur, la Société Marseillaise de Crédit, pour ses encouragements,
A mon mari Gérard, pour sa patience,
A mes filles Emilie et Manon, pour avoir partagé mes instants de bonheur,
A mes parents, amis, clients et collègues, qui m'ont suivie durant ce parcours,
A tous ceux qui m'ont aidée de près ou de loin.
Et un merci tout particulier à Odile, qui m'a fait découvrir qui je suis.

Crédit photographique et montage couverture Philippe Colombi.
Photographie de couverture Gérard Revest.

Le livre de la vie

Le livre où l'on écrit ses pensées à vingt ans
Se referme si bien, une fois hors d'usage
Qu'un beau jour, lorsqu'on veut en relire un passage
On ne peut, malgré tout, en revoir le dedans.
La Vie est ainsi faite, et le sort en est là,
Personne, du destin, ne connaît le langage,
Le bonheur et l'Amour, sont en première page,
Ayant à leur côté, le chemin du trépas.

Maurice Catalan,
le 1er janvier 1916

121 avenue d'Orient - 83100 Toulon
Tél : 04.94.16.90.20 - Fax : 04.94.16.90.29
ISBN : 2-87867-102-3